Carl Millöcker, Hugo Wittmann, Julius Bauer

Die sieben Schwaben. Volksoper in 3 Akten

Carl Millöcker, Hugo Wittmann, Julius Bauer

Die sieben Schwaben. Volksoper in 3 Akten

ISBN/EAN: 9783743319936

Hergestellt in Europa, USA, Kanada, Australien, Japan

Cover: Foto ©Andreas Hilbeck / pixelio.de

Manufactured and distributed by brebook publishing software
(www.brebook.com)

Carl Millöcker, Hugo Wittmann, Julius Bauer

Die sieben Schwaben. Volksoper in 3 Akten

Die sieben Schwaben.

Volksoper

in 3 Acten von

H. Wittmann u. J. Bauer

Musik von

CARL MILLÖCKER.

Clavierauszug mit Text
Pr. M. 12.—. netto

Clavierauszug ohne Text
Pr. M. 4.50. netto

London, Ent. Stat. Hall.

Eigenthum des Verlegers.

Alle Verriefeltigungsrechte Arrangements & Aufführungsrechte sind vorbehalten

Verlag von Aug. Cranz in Hamburg

Wien, C.A. Spina (Alwin Cranz) Brüssel A.Cranz

Déposé.

Introduction.

C. Millöcker.

Attacca No 1.

№ 1.

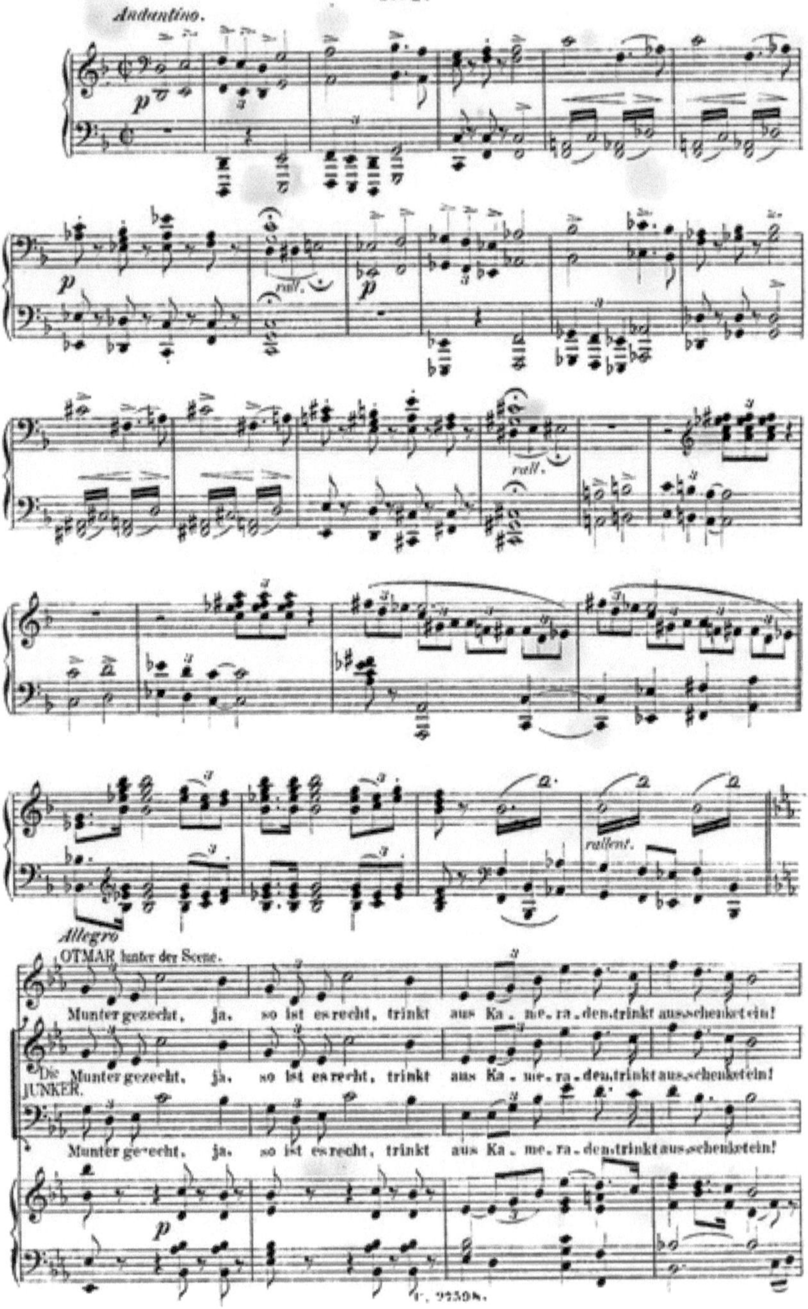

Andantino.

Allegro

OTMAR hinter der Scene.

Munter gezecht, ja, so ist es recht, trinkt aus Ka_me_ra_den,trinkt aus schenket ein!

Die
JUNKER.
Munter gezecht, ja, so ist es recht, trinkt aus Ka_me_ra_den,trinkt aus schenket ein!

Munter gezecht, ja, so ist es recht, trinkt aus Ka_me_ra_den,trinkt aus schenket ein!

9

Die 7 SCHWABEN.

Moderato.

Ach, wenn die Hal-lunken nur uns nicht - thäten gern

Ach, wenn die Hal-lunken nur uns nicht - thäten gern

las-sen wir sie lau - fen! Ist auch kein Ver-gnü - gen nie aus - zu - ruh'n, stets zu

las-sen wir sie lau - fen! Ist auch kein Ver-gnü - gen nie aus - zu - ruh'n, stets zu

rau-ben und zu rau - fen! Man kämpft mit Drachen und andern Gethier, man gibt nimmermehr Par -

rau-ben und zu rau - fen! Man kämpft mit Drachen und andern Gethier, man gibt nimmermehr Par -

Einer.   Alle.   rufend.

don, So ist's! Und geht es an den Kra-gen, so lau - fen wir helden - mu - thig und herzhaft da -

Und geht's an den Kra-gen, so lau - fen wir helden - mu - thig und herzhaft da -

rufend.

Allegro moderato.

Sei mir gegrüsst, du freundliche Stadt im lieb - lichen Neckar - tha - le,
In die - ser Stadt da weiss ich ein Haus, dort rast' ich so manches Weil - chen, denn

wo gol - dig mir ge - la - chelt hat das Le - benzauer - sten Ma - le!
hin - ter dem Fen - ster duf - tet ein Strauss, ein Strauss von Glöckchen und Veil - chen, und

ein grü - ner Gür - tel schlingt sich so reich voll An - muth und ei - ne Len - den,
hin - ter den Blumen ein Au - gen - paar, das leuch - tet so ne - ckisch verstoh - len. Feins

Poco meno.

und ein ge - bet - tet schlummerst du weich zwischen fro - hen Re - ben - ge - län - den!
Liebchen wie glänzt dein gol - de - nes Haar, die Au - gen brennen wie Koh - len! Hell -

a tempo.

auf, mein Lied im schö - nen Schwaben - land, hell - auf und sag, wo - für mein Herz entbrannt! Er -

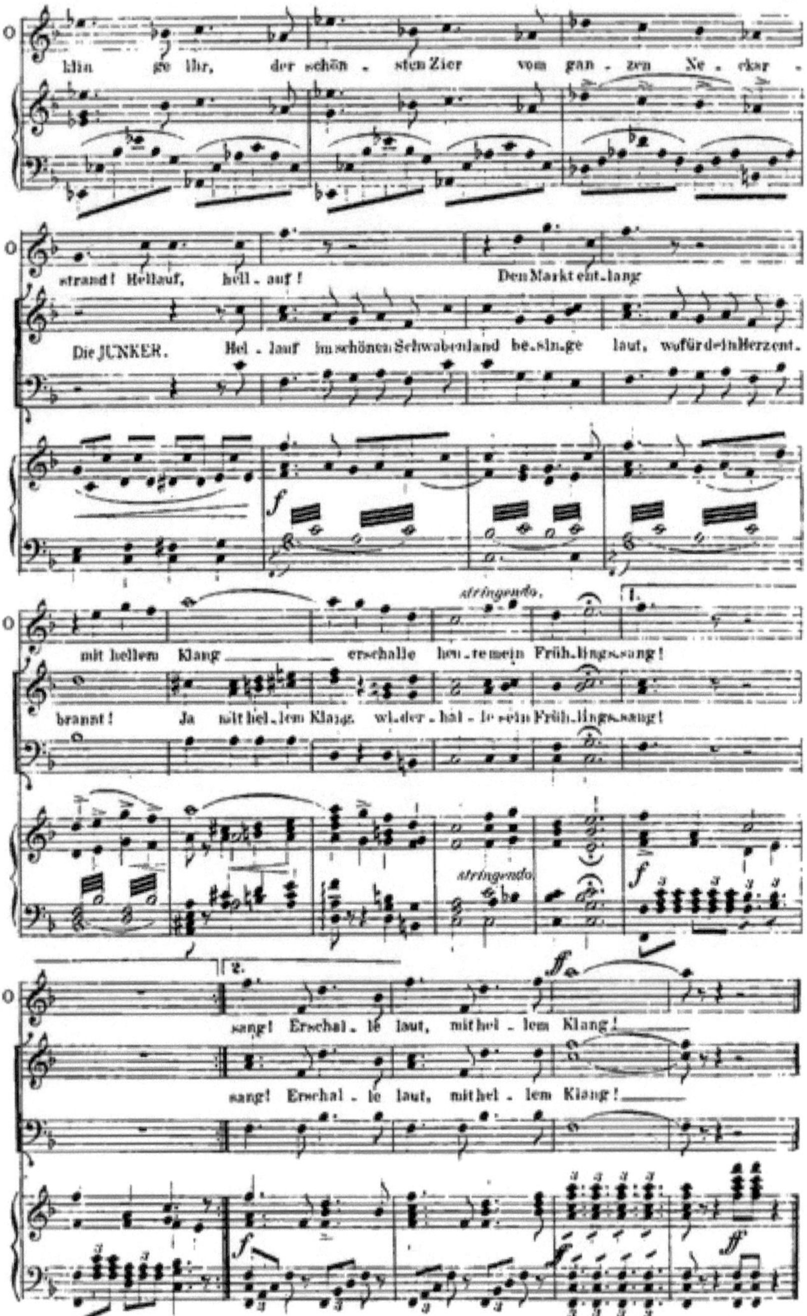
klin ge ihr, der schön - sten Zier vom gan - zen Ne - ckar -
strand! Hellauf, hell - auf! Den Markt ent - lang
Die JUNKER.
Hel - lauf im schönen Schwabenland be - singe laut, wo für dein Herz ent -
stringendo.
1.
mit hellem Klang erschalle heu - te mein Früh - lings - sang!
brannt! Ja mit hel - lem Klang wi - der - hal - le sein Früh - lings - sang!
2.
sang! Erschal - le laut, mit hel - lem Klang!
sang! Erschal - le laut, mit hel - lem Klang!

Nº 2. Ensemble.

Andantino religioso.

CHOR der PRIESTER (hinter der Scene.)

Do.mi.nus De.us Sa.ba.oth! Ple..ni sunt coe.li et ter. ra glo.ri.a tu.a! Ho.

mf

san.na in ex.cel. sis!

Allegro.

p

I. GRUPPE.

Guten Morgen! Gut geschlafen aller.seits?

II. GRUPPE.

Sopran

Guten Mor.gen! Na.so so nicht ge.

I.

Was geschah, Ihr wisst be.reits? (sehr neugierig.) A.ber nein, grosser

II.

nug! Wohl ein Mord? Ein Be.trug?

I. Sieg! ist heut' Alles auf den Füssen!

II. Und den Sänger zu be-grüssen... Kommt ihr Al-le auch zum

I. Wenn die Frau uns gehen lässt! Ja die Magd, sie muss sich schinden

II. Fest? wenn die Frau sich hun-tet

I. Nie-mals kann sie Ru-he fin-den,

II. hält. und das heisst man ei-ne

I. Neu-e Müh und Plag' bringt uns je-der Tag. Ach! Schon am

II. Welt! Neu-e Müh und Plag' bringt uns je-der Tag. Ach! Schon am

Mon . tag, wel . che Mü . hen, da heisst's bü . geln, Wä . sche brü . hen, Diens.tags

Mon . tag, wel . che Mü . hen, da heisst's bü . geln, Wä . sche brü . hen, Diens.tags

in der Kü . che ste . hen, Mitt.wochs stri . cken, fli . cken, nä . hen! Don . ners .

in der Kü . che ste . hen, Mitt.wochs stri . cken, fli . cken, nä . hen! Don . ners .

tag Kleinkinder pflegen,Freitags scheuern,putzen, fe.gen!Sams.tagsgeht es auf den Markt.Profit je .

tag Kleinkinder pflegen,Freitags scheuern,putzen, fe.gen!Sams.tagsgeht es auf den Markt.Profit je .

doch wird uns verargt! Sonntag end.lich bringet Ruh' und Ver . gnü.gen auch da .

doch wird uns verargt! Sonntag end.lich bringet Ruh' und Ver . gnü.gen auch da .

Nº 3. Auftrittslied.

In dumpfen Sin - nen lag ich wie ver - lo - ren,
auf mei - ner See - le la - ste - te die Nacht.
Doch plötz - lich drang ein Lied in mei - ne Oh - ren,
so hell und frisch, ich bin da - von erwacht!
La, la, la, la, la, la, ja, ja, so

klang es, so! Wie Früh - lingsgruss und Mor - gen - kuss, so
mun - ter und so froh! Der Sang ergriff mich wun - der -
bar, möcht' wis - sen, wer der Sän - ger war! Die Ler - che
schwirrt, die Tau - be girrt, und lu - stig sin - gen die Vög - lein im
Chor: „twitt, twitt!" Das Feld, der Wald vom Ju - bel schallt, es schweigt mein Aug'

allegro.

acceler.

a tempo.

im Blu_men _ flor.___ In des Glü _ ckes Ü_ber_ mass___ möcht' ich

sin_ gen, weiss nicht was! Möchte Flu_ren und Au_en durch zieh'n

_ möch_te flie_gen, ich weiss nicht wo _ hin. Bin dann trau_rig wie noch

nie,___ und es wird mir, weiss nicht wie,___ und so schwanket von Won_ ne zu

Schmerz mein be _ trüb_tes, mein see _ li_ges Herz.___ Nach dem Grun_de_ fragst du

dann _____ und es sagt dir Je_der_mann:

Meno mosso.

Das ist der Früh_ling, das ist die Lie_be, das ist der Ju_gend

glück_li_cher Wahn. Stür_mi_scher Früh_ling, won_ni_ge Lie_be,

ihr habt mir's an_gethan, mir Armen an_gethan, ihr habt mir's an_

ge_than!

No. 4. Entrée Lied.

SPÄTZLE.

PIANO.

Allegro moderato.

1. Mein Prin-zi-pal ist
   Al-chymist hub

Al-chymist und ich, ich bin der Spätzle, er sucht nur, was ver-bor-ge ist, ich a-ber such'mei
lern' ich da, die Kunst bei meinem Meister. Ci-tir' mir die Cle-o-pa-tra und and're fesche

Schätzle. Mei Schätzle ist das Ham-me-le, so resch als wie a Bretz-le, ge-wachsen wie a
Geister. Denn Gott sei Dank, die Zeit ist nah, in der wir's noch er-le-be, dass mir de-Teufels

Tan-ne-le und süss wie Zucker-pätz-le. Mein Prin-zi-pal ist Me-di-cus, im Bund mit Hexen-
Grossmama ein Ren-dez-vous muss ge-be! Mei'Herr muss zei-ge mir den Weg, die schwarze Kunst zu

C. 27595.

S. mei_ster er lebt am Techtel_mech_tel fuss mit al_len bösen Gei_stern. Er gab einmal, ich
fas_se sonst wird der Mann in vier_zehn Täg' von mir gesundet las_se. Doch aus dem Ko_pfe

S. hab's belauscht, der He_le_na ein Schmätzle.
schlägt er mir all' sei_ne Zauber_g'setzle.

Er ischt der zweite Doc_ter Fauscht und
Mei Herrle ist ein gro_bes Thier und

S. ich, ich bin der Spätzle. Er ischt der zweite Doc_ter Fauscht und ich,
ich, ich bin der Spätzle! Mei Herr_le ist ein gro_bes Thier und ich, } und ich, und

S. ich, ich bin der Spätzle! Und ich, und ich, und ich, ich bin der Spätz_le!

Più mosso.

S. 2. Als

Nº 5. Duett.

Moderato.

Jungfer braucht: Im Köpf_le zwei Äu_ge_le so blau wie die Vei_ge_le, wie d'Sternla so hell, wie d'Sternla so hell; In die Bäck_le zwei Grü_be_le, da fal_let die Bü_be_le hin_ein auf der Stell', hin_ein auf der Stell'! A Mäu_le zum Küs_sa dann a Jungfer net mis_sa kann, ü_ber Al_les dås geht, ü_ber Al_les das geht, da_zu kommt noch dies und das__ geit, du möchtest wis_sa was? I sag's a_ber net, i sag's a_ber net!

Da_zukommt wohl Al_ler_lei noch, dies und das, Gelt? I seh'dir's an. Du möchst gern wissa was? I

sag's a_ber net, i sag's a_ber net!

Allegretto.

SPÄTZLE.

All' die Säch_le hast Du frei_le, a_ber was hab' i da_von? Bäck_la, Löck_la,

Zu_cker_mäu_le, frei_li, frei_li, frei_li, frei_li, Schea(?) bist wie a E_del_fräu_le,

doch man weiss ja schon, dass all' die Herr_lich_keit ver_geht! Gib' Acht und thu nur net so

Nº 6. Finale.

Auf den Holz-stoss mit dem Kum-pan! Bin-det ihn! Schindet ihn! Peinigt ihn!

Auf den Holz-stoss mit dem Kum-pan! Bin-det ihn! Schindet ihn! Peinigt ihn!

Auf den Holz-stoss mit dem Kum-pan! Bin-det ihn! Schindet ihn! Peinigt ihn!

Steinigt ihn! Sa-tan will sein Fres-sen han!

Steinigt ihn! Sa-tan will sein Fres-sen han!

Steinigt ihn! Sa-tan will sein Fres-sen han!

ff   *f*   *rall.*

Moderato.
BÜRGERMEISTER.

Was ist ge-scheh'n? Wer lärmt so fürchter-lich?

Tenor.

Der Bursche hier!

Bass.

Der Bursche hier!

p

44

Allegro.
PARACELSUS.

1. Mensch, du bist zum Leid ge_bo_ren! Schuld da_
2. Wun_der_ba_re Kräf_te_spit_zen lier in

ran sind die Doc_to_ren. Pfu_scher sind es, Ig_no_ran_ten.
mei_nen Fin_ger_spit_zen. fühlt ihr es magne_tisch blit_zen.

al_te Zö_pfe und Pe_dan_ten. Welt, du gros_ser Hau_fen
da_hin, dort_hin Se_gen sprit_zen! Neu_e Kraft, von mir ent_

Mist, sieh,wie du ver_schan_delt bist! Pla_gen
deckt. To_dte hat sie auf_ge_weckt. A_ber

tra-gen Arm und Reich. Lei-den scheiden nie von Euch. Sün-den fin-den sich ge-
Ha-ber kriegt das Pferd. Ich auch, ich brauch', was mich nährt. Nur die Cur, die ist mir

nung, ih-nen die-nen Alt und Jung! Immer schlimmer wird die Welt, schnö-der
Gift. die dich, wie sich's manchmal trifft. hungern, lun-gern, fa-sten lässt! Sen-sten

Je-der stets ge-prellt! Man-che kern-ge-sund noch leb-ten, stür-ben sie nicht an Re-
heil' ich jed' Ge-brest oh-ne Pfla-ster, oh-ne Pil-len. Alos durch den mag-ne-ti-schen

Poco meno.

cep-ten, an den ärzt-li-chen Re-cep-ten! Mein Mit-tel zurheilt je-de Qual, mein
Wil-len kann ich al-le Schmerzen stil-len. Ja, glau-bet, was Bom-bastus spricht, kbos

poco rallent.

Mit-tel ist u-ni-ver-sal! Kommt her, braucht die mag-ne-ti-sche Cur, wer glaubt, wird see-lig,
Hun-ger-cu-ren macht er nicht! Kommt her, braucht die mag-ne-ti-sche Cur, wer glaubt, wird see-lig,

poco rallent.

net'sche Cur, wer glaubt, wird se...lig nur!

net'sche Cur, wer glaubt, wird se...lig nur!

net'sche Cur, wer glaubt, wird se...lig nur!

nur!

nur!

nur!

C. 27558.

scheint er ihr auf der Schwei - le! D'rum mach' es, wie Ger.trud, mein Kind und geh'

zur schwar.zen Gre.te am Feu.er.see. Wohl in des Wal.des Mit.te steht

Meno mosso. *Andantino.*

ih - re gast.li.che Hüt - te. Geh' hin und klo.pfe an, klopf' an, klopf'

pp

pp

an, dir wird von dei.nem Lieb - sten auf - ge.than. Geh' hin und klo.pfe

an, klopf' an, klopf' an, dir wird von dei.nem Lieb - sten auf - ge -

R.
gut es sa - ge! Dies Alles scheint mir lau - ter Schwin - del! Da - her ge - lau - fe

R.
ne Ge - sin - del, es narrt und foppt Euch manke mils schon! Der ein Be - trü - ger

(auf Parac.)

(auf Otmar.)
der ein Spi - on!

Presto.

Die 7 SCHWABEN mit 1. Bass.

Ein Spi - on, ein Spi - on, ein Spi - on! Er -

Ein Spi - on, ein Spi - on, ein Spi - on! Er -

Ein Spi - on, ein Spi - on, ein Spi - on! Er -

greifet die - sen Wicht, ent - rin - nen darf er nicht, der Schur - ke ist ein Spi -

greifet die - sen Wicht, ent - rin - nen darf er nicht, der Schur - ke ist ein Spi -

greifet die - sen Wicht, ent - rin - nen darf er nicht, der Schur - ke ist ein Spi -

60

66

K. Ket - te Euch zu rei - chen, ein herr - lich Sie - ges - zei - chen sind heu - te zu Euch wir ge -

K. sandt. ____ Auf dass sie Euch er - freu - e als Sinnbild goldner Treu - e, als

OTMAR.

K. Eu - rer theuren Hei - math Lie - bespfand! Dass man die ed - le Spen - de mir

O. reicht durch Eu - re Hän - de, das macht sie mir dop - pelt so werth! ____ Ich

O. wünsch - te nur, es wür - de zu die - ser goldnen Bür - de mir noch ein schönrer Lohn be -

70

C. 27598.

Ende des I. Actes.

Nº 7. Lied.

N⁰ 8. Terzett.

GRETE.

Wunselig aten Abend, mein schönes Kind, so fei ne Kundschaft man sel ten findt! War freilich des Besuch's ge war tig, steht Al les zum Empfange fer tig. Ich ken ne ja des Jungfräulein's Begehr die Schwarzkunst ist bei ihr nicht schwer. Die Bäcklein, die Au gen, das zar te Gesicht welcher Zau ber hi hi hi hi wirk te da nicht! Nur nä her heran mein Püpp chen, es brodelt

84

t. 27598.

86

C. 27538.

KÄTHCHEN. ... **EMERENZ.**

Hand, so heiss, so warm... 'Sist ja nur ein Ge-

KÄTCH. *Moderato.*
Langsam schwindet al _ les Ban _ gen, neu _ es Le _ ben mich be _ seelt____ ist der

EMER.
spenst! Langsam schwindet al _ les Ban _ gen, neu _ es Le _ ben sie be _ seelt____ ist der

GRETE.
Langsam schwindet al _ les Ban _ gen, neu _ es Le _ ben sie be _ seelt____ ist der

OTMAR.
Ih _ re Rei _ ze seh' ich pran _ gen, und mein Herz, vor Lust ge _ schwellt _ glüht in

K: Him _ mel auf _ ge _ gan _ gen! Leuchtet mir____ ei _ ne schö _ ne _ re Welt? Ja, ein

E: Him _ mel auf _ ge _ gan _ gen! Leuchtet ihr____ ei _ ne schö _ ne _ re Welt? Ja, ein

G: Him _ mel auf _ ge _ gan _ gen! Leuchtet ihr____ ei _ ne schö _ ne _ re Welt? Ja, ein

O: zärt _ lichem Ver _ lan _ gen nach dem Schön _ sten auf die _ ser Welt. Ja, ein

C. 27598.

Nº 9. Duett.

92

KÄTHCHEN.

c. 27598.

Nº 10. Rundgesang.

H. Doch rief er beimAnblick der Falten imG'sicht, oh na! _____ Und

S. „Ja"_____ Oh na!

„Ja"_____ Oh na!

„Ja"_____ Oh na!

H. als sie ihn drängte mit fle.hendem Blick, da wie's er sie.acht mit dem Spruch.le zu.rück:

rallent.

H. *a tempo.* Wart' a Bis.se.le, halt' a Bis.se.le, sitz' a Bis.se.le nie.der! Und

H. wenn Du a Bis.se.le g'ses.se bischt so komm' und frag' dann wie.der!

97

steht ihm im We_ge das lu_sti_ge Kind, der Fratz!___   Da

Der Fratz!___

kommt just ein Landsknecht der Mann ist ga_lant, dem drücken sie lächelnd das Kind in die Hand:

rollent.

a tempo.

Wart' a Bis_se_le, halt' a Bis_se_le, sitz' a Bis_se_le nie_der, und

wenn Du a Bis_se_le g'ses_se bäscht dann ho_len wir es wie_der.

Wart' a Bis-se-le, halt' a Bis-se-le, sitz' a Bis-se-le nie-der

Wart' a Bis-se-le, halt' a Bis-se-le, sitz' a Bis-se-le nie-der, und

Wart' a Bis-se-le, halt' a Bis-se-le und sitz' nie-der

Wart' a Biss'-le und sitz' nie-der

dann ho-len wir es

wenn Du a Bis-se-le g'ses-se-bischt dann ho-len wir es wie-der, dann ho-len wir es

dann ho-len wir es

dann ho-len wir es

wie-der!

wie-der!

wie-der!

wie-der!

C. 27598.

Nº 11. Melodram.

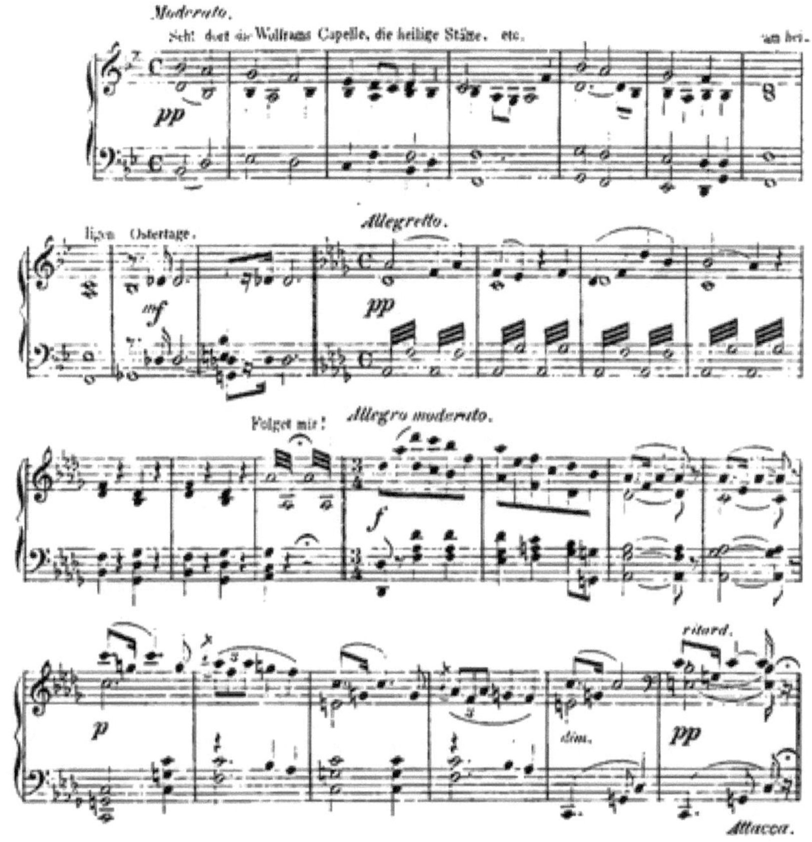

Nº 12. Ensemble.

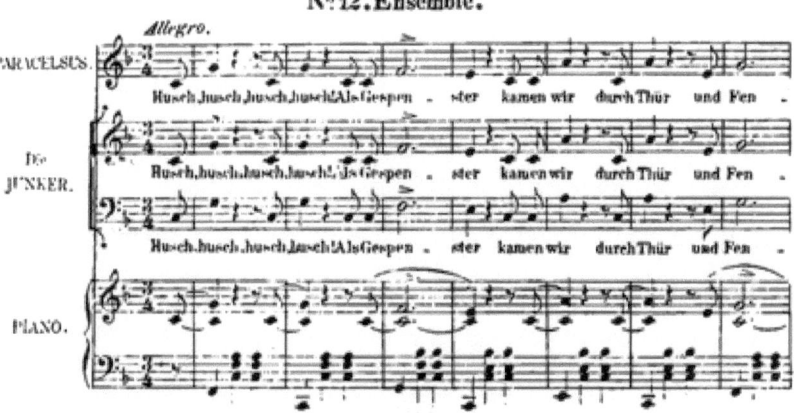

ster mit klap - perndem Ge - bein _____ schlichen wir, _____ schlichen wir uns ein!

ster mit klap - perndem Ge - bein _____ schlichen wir, _____ schlichen wir uns ein!

ster mit klap - perndem Ge - bein _____ schlichen wir, _____ schlichen wir uns ein!

... Wir mach - ten uns' - re Run - de zu mit - ter - näch' - ger Stun -

... Wir mach - ten uns' - re Run - de zu mit - ter - näch' - ger Stun -

... Wir mach - ten uns' - re Run - de zu mit - ter - näch' - ger Stun -

de, und Sa - ta - nas _____ mit dem Feu - er - speer führt' das Gei - ster.

de, und Sa - ta - nas _____ mit dem Feu - er - speer führt' das Gei - ster.

de, und Sa - ta - nas _____ mit dem Feu - er - speer führt' das Gei - ster.

Nº 13. Couplet.

Nº 14. Finale II.

da der Früh - - - ling! Nun springt und singt und

Frühling ist da! _____ Nun springt und singt und

Frühling ist da! _____ Nun springt und singt und

trinkt all' hier, im fro - hen Lauf kommt all' zu hauf! Denn Blum' und

trinkt all' hier, im fro - hen Lauf kommt all' zu hauf! Denn Blum' und

trinkt all' hier, im fro - hen Lauf kommt all' zu hauf'! Denn Blum' und

Knos - pe macht's wie wir und springt vor Freu - de auf! _____ Wie

Knos - pe macht's wie wir und springt vor Freu - de auf! Heisa hei, ju! Wie

Knos - pe macht's wie wir und springt vor Freu - de auf! Heisa hei, ju! Wi

110

C. 22508.

bei, kom_met her_bei! Ver - lasst das Haus,

bei, kom_met her_bei! Ver - lasst das Haus,

bei, kommt her_bei! Ver - lasst das Haus,

ei_let in's Frei - e hi_naus!

ei_let in's Frei - e hi_naus!

ei_let in's Frei - e hi_naus!

CHOR hinter der Scene.

Ei - a!

Ei - a!

Ei - a!

fah - ren sie zum Fe - ste mit rei - chen An - ge -
bin - den - schaut'- die Vor - hut ist's der Hoch - zeits - gä - ste!
Käthchen ist's!
Der Hochzeit? Wer ist die Braut?
Käthchen ist's!
Der Hochzeit? Wer ist die Braut?
Der Hochzeit? Wer ist die Braut?
Bürger - mei - ster Käthchen! Bür - ger - mei - ster Käthchen!
Käthchen ist's! Bürger - mei - ster Käthchen! Bür - ger - mei - ster Käthchen!
Käthchen ist's! Bürger - mei - ster Käthchen! Bür - ger - mei - ster Käthchen!

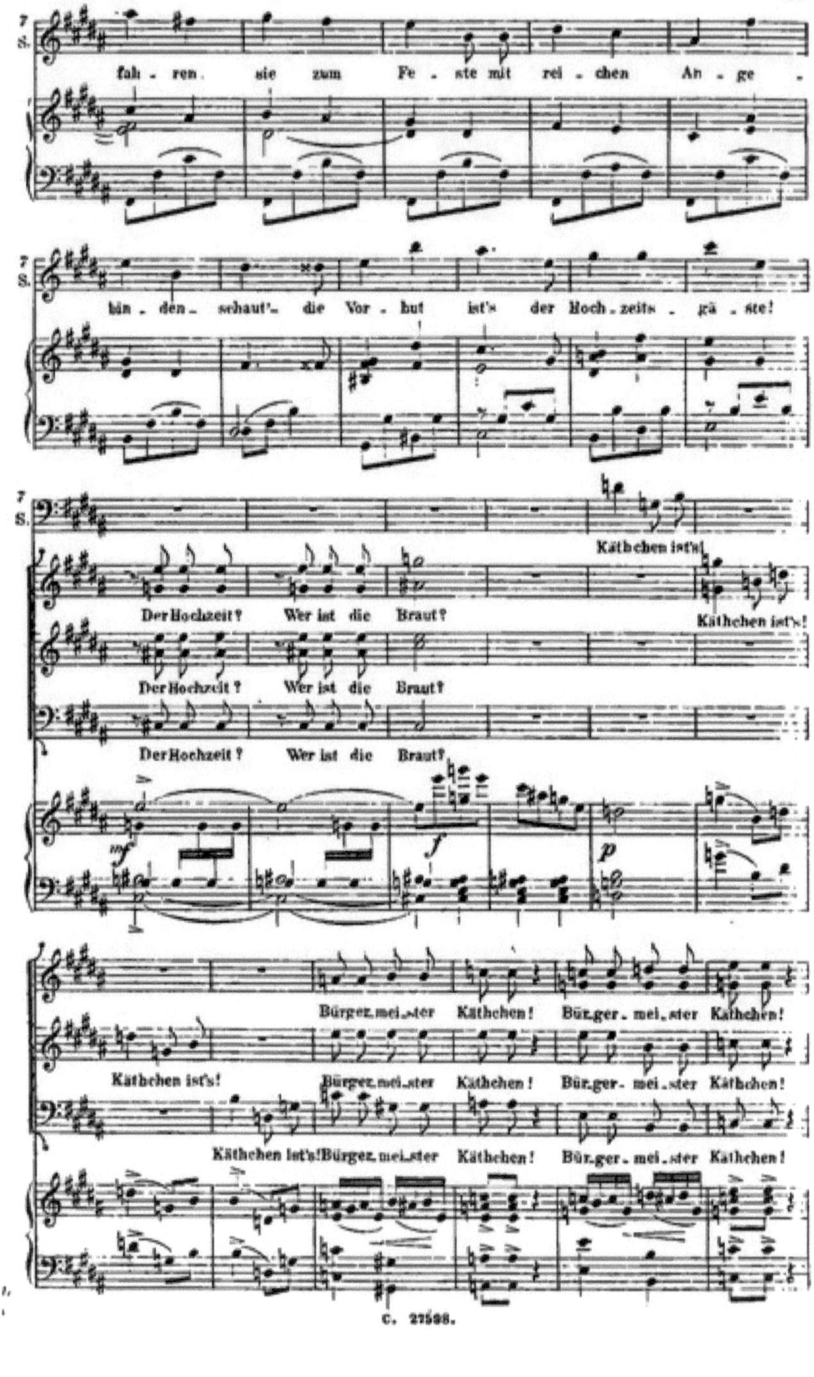

114

c. 27598.

Allegro non troppo.

nicht da _ ran a _ ber bal _ de hö _ ret man:

Ei _ a! Ei _ a! Wer ist denn da! Wer ist denn da!

Ei _ a! Ei _ a! Der Storch ist da! Der Storch ist da! Was

bringt der Storch zum Dach he _ rein, so zart und fein, was mag es sein? Er

bringt ein klein, klein Bu _ be _ lein mit blau _ en Äu _ ge _ lein!

120

In die-sem Uhr-ge-häu-se _____ ein

Ko-bold woh-nen mag, _____ ein Heim-chen, klug und wei - se, das

pickt und po-chet lei - se und mahnt Dich Tag für Tag: _____ O

Meno mosso.

Tempo I.

horch'auf sei-nen Schlag!

SPÄTZLE.

Und weiset Du auch warum die Trom-

Ta-ta-ra! Ta-ta-ra!

p

Tik tak! Tik tak! Tik tak! Tik

p

Tik tak! Tik tak! Tik tak! Tik

p

Tik tak! Tik tak! Tik tak! Tik

p

einst in fer _ nen Ta _ gen___ wird Dir die treu _ e Uhr___

Dein letz _ tes Stünd _ lein schla _ gen, doch son _ der Furcht und

Za _ gen folgst Du des Zei _ gers Spur_____ auf sei _ ner letz _ ten

Tour   Summ! summ' und weisst Du auch wa _ rum das Spiel _ werk

Tik   tak tik   tak tik   tak tik!

Tik   tak tik   tak tik   tak tik!

Tik   tak tik   tak tik   tak tik!

Meno mosso.   *a tempo.*   *a tempo.*

C. 27598.

Moderato.

Die 7 SCHWABEN.

Flö.ten.ton und Fi.de.lei! A.hal!Der

Bräut.gam kommt her.bei! Hur.rah! Begrüsset laut Bräu.ti.gam und

128

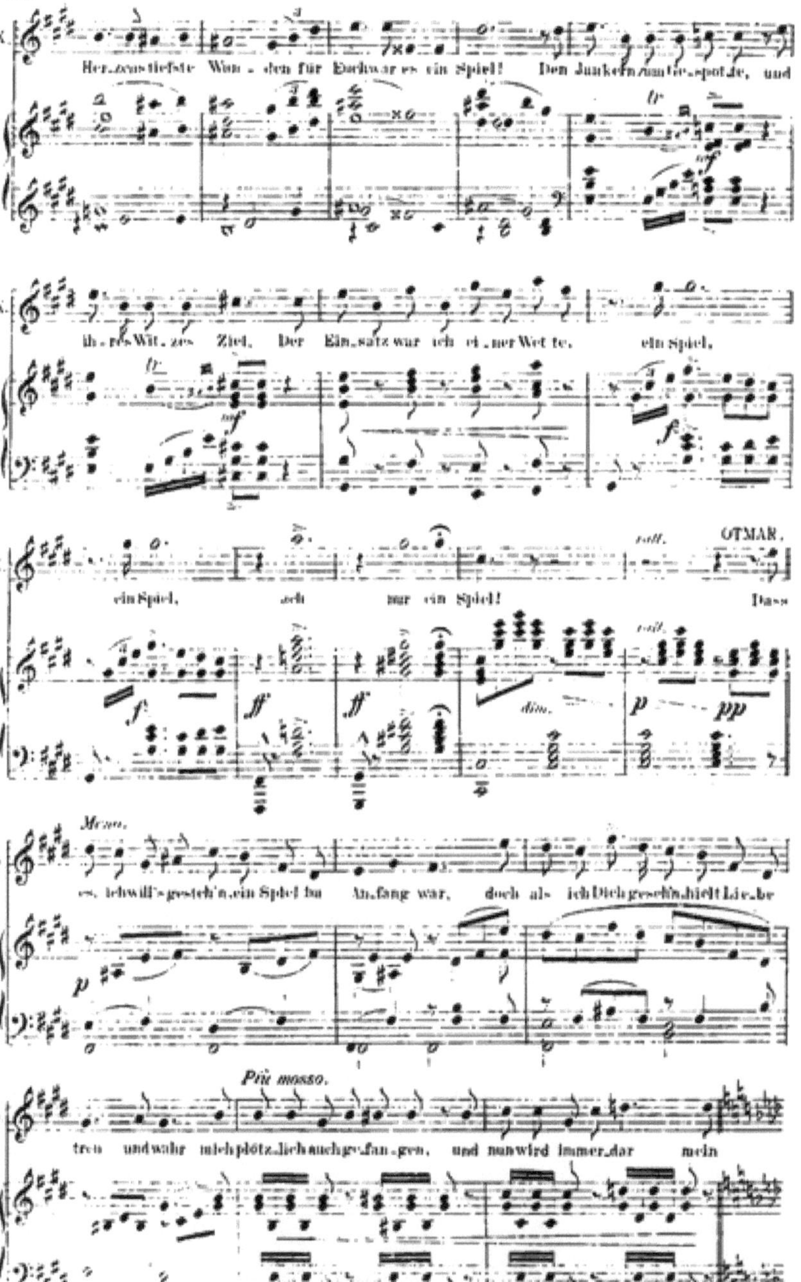

K. Her-zens tiefste Won - den für Euch war es ein Spiel! Den Junkern zum be-spot-te, und

K. ih - res Wit - zes Ziel, Der Ein-satz war ich ei - ner Wet - te, ein Spiel,

K. ein Spiel, ach nur ein Spiel! OTMAR. Dass

O. es, ich will's gesteh'n, ein Spiel im An-fang war, doch als ich Dich gesehn, hielt Lie-be

O. treu und wahr mich plötz-lich auch ge-fan-gen, und nun wird immer-dar mein

134

137

C. 27598.

Nº 15. Introduction u. Terzett.

N.º 16. Ensemble.

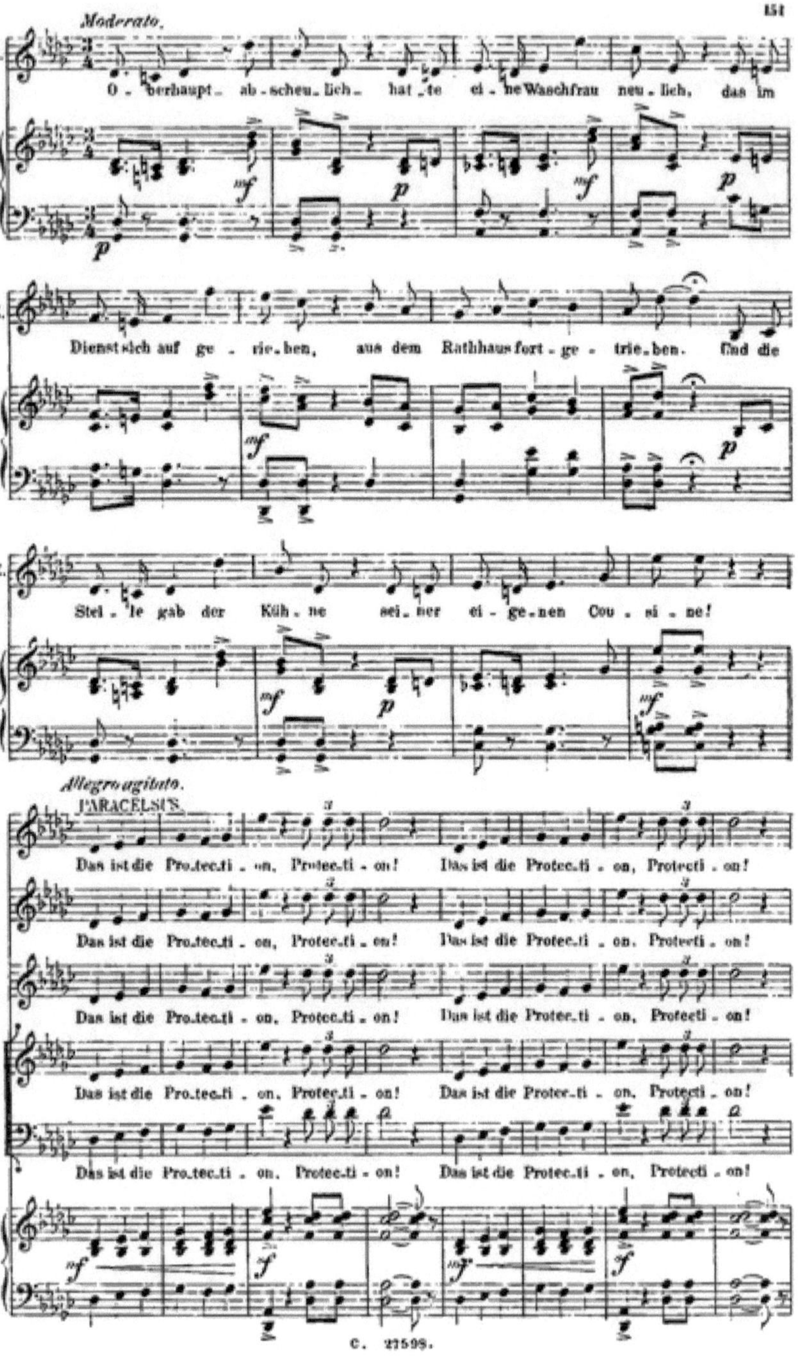

Moderato.

Z. O überhaupt abscheulich hatte eine Waschfrau neulich, das im

Z. Dienst sich auf geriehen, aus dem Rathhaus fortgetrieben. Und die

Z. Stelle gab der Kühne seiner eigenen Cousine!

Allegro agitato.

PARACELSUS.

Das ist die Protection, Protection! Das ist die Protection, Protection!

Das ist die Protection, Protection! Das ist die Protection, Protection!

Das ist die Protection, Protection! Das ist die Protection, Protection!

Das ist die Protection, Protection! Das ist die Protection, Protection!

Das ist die Protection, Protection! Das ist die Protection, Protection!

C. 27599.

155

C. 27598.

155

c. 27598.

163

(schnalzen mit den Fingern)

B. küm-mert uns nicht das, ist nur der Stoff hier gut im Glas! _____ Ob man be-

P. küm-mert uns nicht das, ist nur der Stoff hier gut im Glas! _____ Ob man be-

Zo. küm-mert uns nich das, ist nur der Stoff hier gut im Glas! _____ Ob man be-

Za. küm-mert uns nicht das, ist nur der Stoff hier gut im Glas! _____ Ob man be-

küm-mert uns nicht das, ist nur der Stoff hier gut im Glas! _____ Ob man be-

küm-mert uns nicht das, ist nur der Stoff hier gut im Glas! _____ Ob man be-

B. leuch-tet, ist uns Wurst,Wurst, Wurst,wird nur be-feuch-tet un-ser Durst,Durst.

P. leuch-tet, ist uns Wurst,Wurst, Wurst,wird nur be-feuch-tet un-ser Durst,Durst.

Zo. leuch-tet, ist uns Wurst,Wurst, Wurst,wird nur be-feuch-tet un-ser Durst,Durst.

Za. leuch-tet, ist uns Wurst,Wurst, Wurst,wird nur be-feuch-tet un-ser Durst,Durst.

leuch-tet, ist uns Wurst,Wurst, Wurst,wird nur be-feuch-tet un-ser Durst,Durst.

leuch-tet, ist uns Wurst,Wurst, Wurst,wird nur be-feuch-tet un-ser Durst,Durst.

C. 27598.

N⁰ 17. Duett.

SPÄTZLE.
a tempo.

Das ist für mich, das ist für Dich, und das, was mir in's Haus steht; und

die _ ses, was der Ju _ de sagt, möcht'wis _ sen, ob es aus _ geht?

HANNELE.

Das ist für mich und das für Dich, für mich der Schel_len- Un _ ter, er

SPÄTZLE.

trägt die Na _ se kö_nig_lich, ein Schnurbart blüht da _ run _ ter. Und

un _ ter'm Schel_len- bü _ be_ le, wenn ich das Blatt ver_schie _ be, seh' ich das

HANNELE.

S. Ei_chel-Sie_be_le, das ist, das ist die Lie_be! Doch weh', was ste_het

H. mir in's Haus! Ein fin_glück un_er_mess_lich Da liegt die blö_de

H. Ei_cheldaus und spricht:_Er ist zu häss_lich!"Nunfrag'ichwas der Ju_de sagt, er

SPÄTZLE.

H. liegt in die_sem Hau_fen. Der Ju_de sagt:„Gott sei's ge_klagt!

rall. a tempo.

H. In den Kar_ten kannman le_sen, was die

S. Werschimpft,derpflegt zu kau_fen!"In den Kar_ten kannman le_sen, was die

rall. a tempo.

H. kriegt er denn zur Frau? ____ Wird sie nur

S. Die bö - se Sie - ben!

H. treu ihm sein? Wird er ihr nicht zu häss-lich

S. Ich ge - be Acht! ____

H. sein? Gib'

S. Nein! ____ Doch wie wird's mit den Kindern steh'n?

H. her schnell, ich will selbst es seh'n!

S. Wohl - an! ____ So nimm'! Was ist

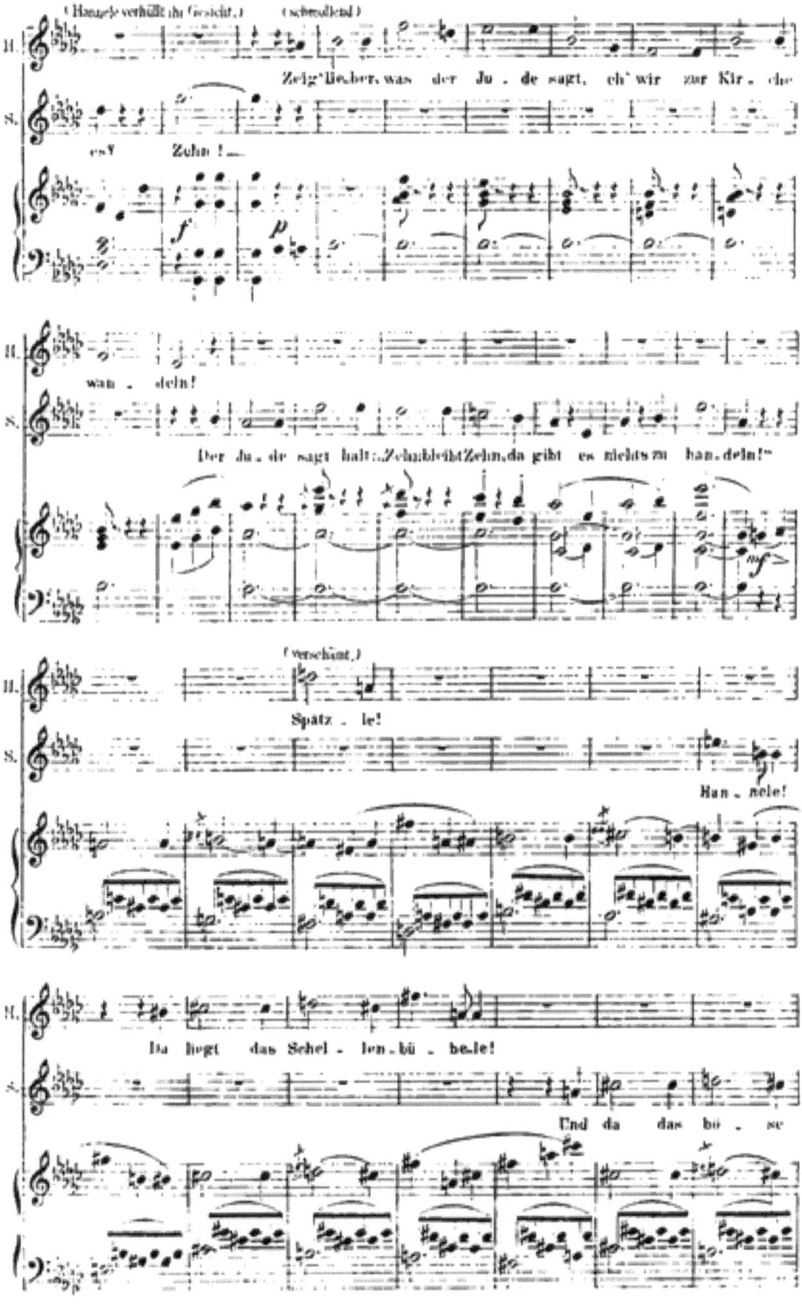

S. Sie - bele! Als g'hör - ten sie zu - sam - men!

H. Wohl - an! So sei's in Got - tes Na - men! Inden

S. Wohl - an! So sei's in Got - tes Na - men! Inden

Tempo I.

H. Kar - ten kannman le - sen wasdie Zu - kunft uns ent - hüllt, was da wird und

S. Kar - ten kannman le - sen wasdie Zu - kunft uns ent - hüllt, was da wird und

Allegro vivo.

H. was ge - we - sen, zeigt uns je - des Kar - ten - bild!

S. was ge - we - sen, zeigt uns je - des Kar - ten - bild!

№ 17 ½.

No. 18. Finale.

RATHSHERR.

'S ist

möglich? Ist es kein Traum? Traut man den ei.ge.nen Oh.ren doch kaum!

möglich? Ist es kein Traum? Traut man den ei.ge.nen Oh.ren doch kaum!

möglich? Ist es kein Traum? Traut man den ei.ge.nen Oh.ren doch kaum!

Allegro.

R. Ot.mar von Mannsperg, welch'Glück, dass man ihn   Er.greifet ihn

OTMAR.

R. und führt ihn fort!   Zu.

Ot.mar von Mannsperg   an   die.sem Ort?

Ot.mar von Mannsperg   an   die.sem Ort?

Ot.mar von Mannsperg   an   die.sem Ort?

O. an, klopft' an, klopft' an, und sieh', mir hat Feins-lieb-chen

pp

auf-ge-than! Ich kam und klopf-te an, klopft' an, klopft' an, und

KÄTHCHEN.
HANNELE.
Er kam und klopfte an, er kam ___ und klopf-te an, und

SPÄTZLE.
Er kam und klopfte an, er kam ___ und klopf-te an, und

BÜRGER u. RATHSH.
Ich kam und klopf-te an, klopft' an, klopft' an, und

Die JUNKER.
Er kam und klopfte an, er kam ___ und klopf-te an, und

Ich kam und klopfte an, klopft' an, klopft' an, und

Die 7 SCHWABEN.
Er kam und klopfte an, er kam ___ und klopf-te an, und

Ich kam und klopfte an, klopft' an, klopft' an, und

CHOR.
Er kam und klopfte an, er kam ___ und klopf-te an, und

Ich kam und klopf-te an, klopft' an, klopft' an, und

Ich kam und klopfte an, klopft' an, klopft' an, und

184

hel-lem Klang uns bald der Braut - ge - sang!

hel-lem Klang uns bald der Braut - ge - sang!

hel-lem Klang uns bald der Braut - ge - sang!

hel-lem Klang Euch bald der Braut - ge - sang!

hel-lem Klang uns bald der Braut - ge - sang!

hel-lem Klang Euch bald der Braut - ge - sang!

hel-lem Klang uns bald der Braut - ge - sang!

hel-lem Klang Euch bald der Braut - ge - sang!

hel-lem Klang Euch bald der Braut - ge - sang!

hel-lem Klang uns bald der Braut - ge - sang!

hel-lem Klang Euch bald der Braut - ge - sang!

27598.